西卡卡阿姨的信

[日] 安昼安子　著

莞合　译

山东人民出版社·济南

国家一级出版社　全国百佳图书出版单位

◉ 目录 ◉

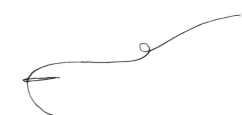

什么都行魔法商店11

西卡卡阿姨的信

礼服 修改

1

魔女观星

今天是平静的一天，不像会发生什么不好的事情。

奈奈心情很好，一走进森林，她就闻到饼干的香味从礼服修改分店飘出来，紧接着，红茶的香味也扑鼻而来。

"可冬泡的红茶好香啊。这红茶香味

是……"

奈奈说完，一打开礼服修改分店的门，便看见可冬拿着茶壶站在那里。

"是伯爵红茶，奈奈大人。"

伯爵红茶是一种香味清爽的红茶，它的芳香由佛手柑果实所提炼出的油脂调配而成。这种天然的香味非常适合小丝。可是今天的小丝，却连一口红茶也没喝，不知道正在认真地看什么东西。

"小丝在看什么啊，可冬？"

"是最新一期的《魔女月刊》，才刚刚送到，小丝大人正在看星座专栏，她想知道这个月的运势。"

《魔女月刊》是报道当下最流行的魔女服饰及最新魔法的杂志。对十分关注流行事物

的魔女来说，这是每

个月都不能错过的刊物。

　　可是小丝正在看的既不是服饰的介绍，

也不是"节约魔法"的相关报道，而是关

于星座的专栏。上面画着星盘的图、神秘

的记号，还有细小的字密密麻麻地挤在一

起。小丝看着星座解说，又是摇头又是叹

气的。

　　奈奈对杂志的星座解说
也很感兴趣，不过，她从来没有那么认真地
看过。等了一会儿，小丝终于抬起头来了。

　　"啊，奈奈。欢迎光临。"

　　"小丝，你很关心星座运势呢。"

　　听到这句话，小丝跟可冬都瞪大了眼睛
看着奈奈。

　　"你说'关心'？"

"这不是关不关心的问题，奈奈大人。"

可冬立刻意识到，奈奈并不知道，人类世界的"星座"与魔女世界的"星座"是不同的。

"在魔女的世界里，大家非常重视星座，奈奈大人。在开始各种各样的计划之前，她们会先查看相关运势……"

"奈奈，看这星盘上郁金香座的地方。"

"还有这种星座啊？"

奈奈惊讶地看着杂志。

魔女世界的星座不止十二个，总共多达三十六个。小丝手指着郁金香座，那里有一个正在闪烁的黑色星星记号。

"那是预示会有坏事发生的记号。"

"小丝，是你的星座出现了黑星记号吗？"

奈奈立刻紧张地看向小丝。

"不是，我这个月的运势很平常。"

小丝说完，津津有味地喝着伯爵红茶。

然而奈奈还想知道更多。

"这颗黑色星星出现的时候，大家会怎么做呢？"

"当然是去专门观星的商店，请人家帮忙做专属的个人预测。即使是同样的星座，也会因为生日的不同，在运势上出现些微的差异。"

"专门的商店是指……找观星魔女？"

可冬点点头。

"特别是什么都行魔法商店的观星分店，最值得大家信任。在下若是在《仆猫季刊》的星座专栏上，看到自己的星座出现黑星记

号，也会立刻前往观星分店的。

"请观星分店帮忙做星座分析的话，可以拿到一个星期的星座预言卡，卡片上面会写好应该注意的事项与建议。"

看到越听眼睛睁得越大的奈奈，小丝附加说明：

"没错。如果有黑星记号出现，大家都会立刻这么做的。看了预言卡，如果得知某一天是运势最差的日子，那这一天就一定要关店或休息。"

　　奈奈听了非常惊讶。

　　"正如小丝大人所言，总之，那天不适合出门。"可冬总结道。

　　就在这个时候，礼服修改分店门外响起了粗暴的敲门声。那声音听起来，就像是有人用身体冲撞大门。

礼服　　　　修改

2

奇奇回来了

"到底发生了什么事啊？"

疑惑的可冬从门边的窗户偷偷往外看去。随后，他看到门外站着一只粉红色的龙。

它的身形，跟人类世界中的金毛狗差不多大小，它那袋鼠般的身体上长着类似蝙蝠的翅膀，脸看起来则像是鳄鱼和狗的结合。

它从窗户发现可冬的身影之后，高兴地从鼻子发出一阵哼哼的声音。

可冬和它对视后，脸上也随即绽放出笑容。

那只龙的身体虽然长大了一些，可爱的脸庞还是跟小时候一样，完全没变。

"天啊！是奇奇。"可冬大叫。

"它自己跑来这里？"

奈奈立刻跑去开门。

"奇奇，你又长大了！"

奈奈还没说完，奇奇已经高兴地朝她扑了过来。它冲过来的力道太大，撞得奈奈重心不稳地往后跌坐在地上。

奇奇则开心地舔着跌倒在地的奈奈。

小丝他们第一次遇到奇奇时，它还是个

小宝宝，大概只有鹦鹉那么大。

第二次遇到的时候，它稍微长大了一点儿，像小狗那样。

现在它长得更大了，如果它用力扑过来，绝对没有人可以站得住。

"小丝。"

奇奇的目光转向小丝后，它的嘴里喃喃地说。

下一秒，装酷的小丝已经被奇奇撞倒，被舔得满脸都是口水。

"奇奇，住手。我叫你住手！"

但是不管小丝如何大喊也没有用。

"西卡卡阿姨果然没有好好教导奇奇，这真像阿姨的作风。"

小丝虽然嘴上报怨，脸上却没有一点儿生气的表情。

西卡卡阿姨是小丝妈妈的妹妹，也是奇奇的主人。

"可是，为什么奇奇会独自跑来这里呢？发生什么了？奇奇，西卡卡阿姨去哪儿了？"

奈奈问奇奇，奇奇却只是高兴地说：

"我喜欢奈奈。"

龙长大后，可以很熟练地说人类的语言。不过，奇奇现在还小，还不太会说。

于是，可冬打开奇奇的背包，准备一探究竟。

很快，可冬就在背包里找到了一封信。

"这是西卡卡大人写来的信吧？"

拆开信封后，可冬惊讶地看着小丝。

"这里面是西卡卡大人制作的星座预言卡！"

那是什么都行魔法商店观星分店的预言卡。

西卡卡阿姨是观星魔女，她和许多优秀的观星魔女一起在什么都行魔法商店的观星分店工作。

　　在信封里，还有一封西卡卡阿姨写的信。

亲爱的小丝：

我想，你今天依然在修改着旧礼服，给大家带去了欢乐。你是让我骄傲的外甥女。可是，这一周对你来说，似乎是糟糕的一周，为了让你早点儿知道，我让奇奇给你带去了七天的预言卡。希望你能万事小心！

备注：从今天起，为了观察南十字星，我必须前往南方小岛，那绝不是为了晒日光浴！所以，这一周请你帮忙照顾一下奇奇。拜托你了。

你年轻貌美的阿姨　西卡卡

读完信，小丝的表情就像是刚吃了一颗难吃的糖果一样。

"这是什么预言啊？阿姨一定又让我好好教导奇奇了。现在阿姨只要出去玩，就会把奇奇交给我！"

奇奇背来的行李里面有"龙食"罐头，正好是七天的分量。可冬跟奈奈都非常高兴。当然，奇奇也是。

礼服　修改

3

"第一天"预言卡

"小丝，快来看这张星座预言卡呀！"

预言卡就像祝贺用的卡片一样，是对折
的。正面印着什么都行魔法商店的标志，以
及美丽的星星图案。将卡片放在灯光下，就
能看见什么都行魔法商店的"水印"标志，
这是观星分店正品预言卡的防伪证明。

当小丝打开预言卡，那个预示会有坏事发生的记号立刻映入眼帘，是黑星记号。

"怎么回事？《魔女月刊》上明明没有标黑星记号呀！"

小丝惊讶地大叫。

预言卡上是这么写的：

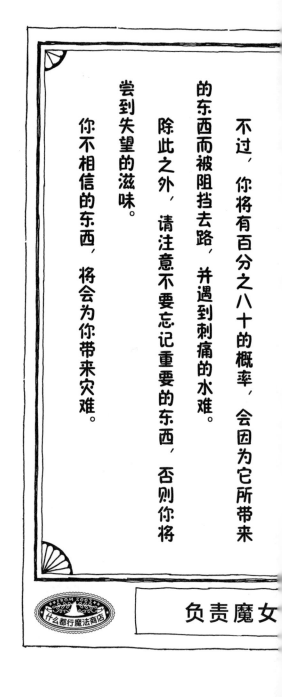

不过，你将有百分之八十的概率，会因为它所带来的东西而被阻挡去路，并遇到刺痛的水难。

除此之外，请注意不要忘记重要的东西，否则你将尝到失望的滋味。

你不相信的东西，将会为你带来灾难。

负责魔女

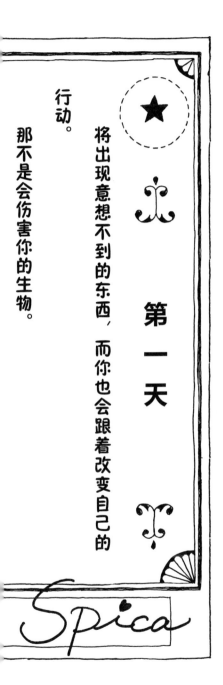

★

第 一 天

将出现意想不到的东西，而你也会跟着改变自己的行动。

那不是会伤害你的生物。

Spica

奈奈皱着眉头，歪着脑袋问小丝和可冬："这个……是什么意思啊？"

"预言的用词就是这样，常常让人搞不清楚是怎么一回事，奈奈大人。不过，开头写的'意想不到的东西'，指的一定是奇奇。预言果然非常准。"

"哪里准了！"小丝气愤地双手叉腰。

"我不相信西卡卡阿姨的星座预测。阿

姨只是想把奇奇寄放在这里，所以才会写出这种方便她行事的预言。"

这时，可冬和奈奈心里都想着：或许真的就像小丝说的一样。不过，就在小丝说完这句话，站起来的下一秒，她的脚就被"龙食"罐头绊到，整个人快跌倒了！

"危险，小丝大人。请小心茶！"

在可冬说出这句提醒之前，小丝手上的红茶已经洒了出来。

"好烫！"

红茶是刚从茶壶里倒出来的，所以非常烫。

"糟了！得快一点儿降温。"

虽然可冬以最快的速度将毛巾跟冰块拿来，但是小丝的手已经被烫得红红的。

“你还好吧，小丝？你到底被什么给绊到脚了？”

奈奈随即看到地板上已经翻倒的“龙食”罐头，立刻大叫。

“阻挡了去路的是‘龙食’，也就是‘意想不到的东西’所带来的东西，不是吗？”

可冬听了，也用力地点点头。

“还有，‘刺痛的水难’指的就是这个烫伤吧！”

小丝看着一直点头的可冬跟奈奈，渐渐地烦躁起来。

“那么，忘记重要的东西，将尝到失望的滋味指的是什么？”

小丝一边说，一边用烫伤的手拿起可冬亲手做的饼干，大大地咬了一口。接着，她

的脸上出现了奇怪

的表情。

　　"可冬，你是不是忘了在饼干里放什么

东西？"

　　可冬匆忙地拿起饼干咬一口后，充满歉

意地低下了头。

　　"真的很对不起，忘记放砂糖了。在下

已经好多年没有出过这种错误了……"

小丝一脸僵硬地瞥了一眼预言卡。

"重要的东西……忘记加砂糖而感到失望……"

奈奈轻轻地将手放在喃喃自语的小丝肩上。

"明天的预言卡在哪里？从现在开始，很多地方都得事先做好防范才行，小丝。"

可是，预言卡上似乎只写了今天的提示。可冬将卡片仔细地瞧了个遍，叹了一口气。

"上面好像被施了'日期魔法'，只能看到当天的预言。这样的话，要事前预防也很难，对吧？"

"这是西卡卡阿姨一向会做的事……"

小丝边说，边吹着发红的手。

礼服　修改

4

"第二天" 预言卡

隔天。今天是预言卡显示"第二天"提示的日子。

奈奈一打开礼服修改分店的门，就发现原本一直放在房间最里面的衣柜，被搬到正对着门口的地方，仿佛要挡住所有进来的人。

"到底发生什么事了，可冬？"

"这是今天的预言，奈奈大人。"

可冬指着预言卡，叹气道。

预言卡上面显示的仍然是黑星记号，而且一闪一闪的。

上面的预言是这样写的：

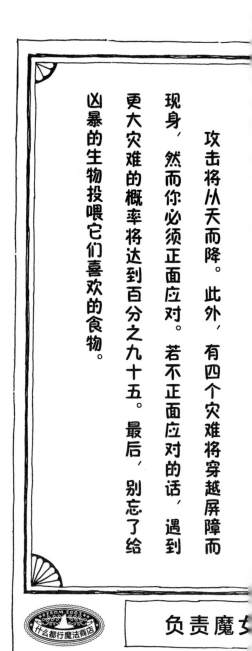

攻击将从天而降。此外，有四个灾难将穿越屏障而现身，然而你必须正面应对。若不正面应对的话，遇到更大灾难的概率将达到百分之九十五。最后，别忘了给凶暴的生物投喂它们喜欢的食物。

什么都行魔法商店

负责魔女

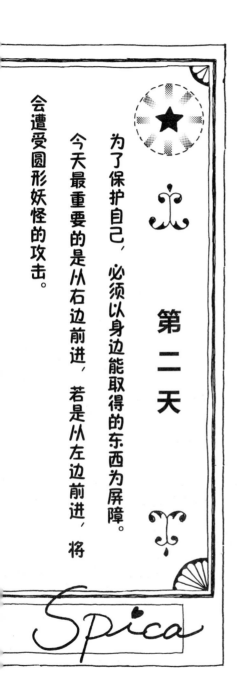

第二天

为了保护自己，必须以身边能取得的东西为屏障。

今天最重要的是从右边前进，若是从左边前进，将

会遭受圆形妖怪的攻击。

Spica

"所以，你们便用衣柜来当屏障，是吧，可冬？"

可冬点点头，然后将"龙食"罐头打开给奇奇。奇奇的面前，已经堆了一堆空罐头了。

"小丝，你不觉得奇奇吃得有点儿多吗？"

奈奈有些担心奇奇。

“确实有些多。可是‘凶暴的生物’除了奇奇之外，就没有其他生物了，不是吗？预言卡上面写了，别忘了给它们投喂喜欢的食物。”

这样听起来，好像真的是在说奇奇。小丝为了拿桌上的茶杯，向右转了一百八十度后，才走向桌子。这实在是很奇怪的走路方式。

"没办法啊，都是预言害的，说什么只能从右边前进。"

"也就只有今天一天而已啦，小丝。就算不方便，也要忍耐。"

奈奈虽然同情地这么说，却觉得非常好笑。

今天的小丝为了要拿放在左边的东西，只能向右转，一直右转到那个东西在自己面前后，才能走上前去拿。

根据西卡卡阿姨的来信，这一周一直会有坏事发生。

小丝深深地叹了一口气。

"这样就没办法工作了。现在没有礼服要修改，倒是还好。"

小丝话才刚说完，就传来了一阵敲门声。

可冬满脸不乐意地轻轻开了门。

"欢迎光临。"

门口站了四只小老鼠。

"这一定是'四个灾难'！"不管是奈奈、小丝还是可冬，心里都这么想。他们会这么想，并不是因为这四只小老鼠的样子看起来很可怕，而是因为它们的数量刚好是"四"。

那是四只长得一模一样，非常可爱的小老鼠。

不论是毛色、尾巴长度，还是耳朵大

小，它们都像是从同一个模子印出来的。连它们拿来要修改的纯白色连衣裙也完全相同。这四只小老鼠绝对是四胞胎。

对老鼠来说，四胞胎并不是稀奇的事，可是，像它们这样从头到尾一模一样，倒非常少见。

奈奈心想，它们看起来就像玩具商店里的玩偶。

"您是裁缝魔女小丝大人吗？"

从小老鼠问完话到小丝点头的这一段时间，礼服修改分店静得连根针掉到地上大家都能听见。因为大家都在注意到底会有什么灾难从天而降。当然很快，小丝就会明白的。

礼服　　　修改

5

四只小老鼠的礼服修改

"你们要做怎样的礼服修改？"

听了小丝的问话，小老鼠们很有礼貌地行礼问好。然后，各自介绍自己的名字。它们分别是安安、心心、花花和朵朵。

首先说话的是安安。

"就如您所看见的，我们四个长得几乎一

模一样。大家都说我们像到分不出谁是谁。"

"没错，就连我们自己，也常常会搞错。"心心说。

"爸爸跟妈妈老是把我们的名字叫错。"接话的是花花。

"刚刚说话的是谁啊？"朵朵问。

"那刚才接话的又是谁啊？"

小丝、奈奈和可冬已经无法分辨，说话的到底谁是谁了。

四只小老鼠一起发出叹息声。在它们小时候，看起来一模一样是最令它们骄傲的事。

它们时常借机到处捣蛋，并且乐在其中。

可是渐渐地，它们开始对什么都一模一样感到厌倦。

其中一只小老鼠像是下了很大的决心，

抬起头看着小丝说："我们下定决心，希望请您帮我们修改礼服，好让我们看起来不要一模一样，有各自的特点。"

听了它们的请求，小丝从心底松了一口气。这是很简单的修改工作，因为只要听听这几只小老鼠各自的喜好，加个领子或丝带之类的，稍做修改就可以了。

"好，我帮你们修改。那就按照顺序，告诉我你们希望自己的礼服修改成什么样。"

可是，它们突然扭捏了起来，互相推来推去，一句话都不说。

于是奈奈鼓励它们：

"光看外表，你们四个真的非常像。可是，你们的内心应该都不一样才对。哪里不一样，大家试着说说看吧！"

然而，四只小老鼠越发安静，它们摸摸耳后，或是舔舔尾巴，并不清楚彼此的差异在哪里。

看到这个情形，小丝一副受不了的样子。

奈奈为了让它们更
容易了解自己，便试着
问道：

"那么，你们各自喜
欢什么颜色？请回答。"

这是很容易明白的
问题。

小丝也注意听着。

四只小老鼠却互看一眼，一起回答：

"是红色。妈妈说那是很适合我们的颜色。"

奈奈听完觉得很困扰。

全部都一样的话，就找不出可以修改的特点了。

"那么，你们喜欢什么花样呢？"

不一会儿，它们又一起回答："小碎花！隔壁的花栗鼠阿姨说，碎花很适合我们。"

奈奈觉得很伤脑筋。站在一旁的小丝则微微抽动着一边的眉毛，那是她心情不太好时的小动作。

然后，小丝以冷冷的声音说道：

"你们不是说，想让人一眼就分辨出谁是谁吗？"

不知道小丝心情已经不太好的小老鼠们，听了这句话后，很开心地说：

"就是这样，小丝大人！"

"请将礼服修改成能让大家分辨出我们谁是谁的样子！"

小老鼠们异口同声地说，小丝的眉毛却越挑越高。

小丝直接回绝道：

"你们连自己哪里不一样都不知道，还指望别人不要把你们搞混，这不是很奇怪吗？我拒绝帮你们修改。"

"为什么这么说呢？"奈奈接着劝道，

"你一定要帮它们修改啊，小丝，因为它们能够进这间店，就表示它们真的需要帮忙啊！"

小丝听了，还是把头撇向一旁。

于是，可冬在小丝的耳边轻声说：

"小丝大人，这四只小老鼠应该是那'四个灾难'，我想不会错的，所以请您忍耐一下，接受这次的修改吧。若是不正面应对这'四个灾难'，将有百分之九十五的概率遇到更大的灾难。"

听到这里，小丝震惊地抖了一下眉毛。

然后，她才刚往左边移动，下一瞬间，吊在房梁上的篮子，就正好砰地掉在她的头上。

小丝跌坐在地上，原本放在篮子里的毛线球则散落在她四周。

"小丝，你还好吧？是绑篮子的缎带松

开了。"

"没有什么比由左边行动更糟

糕了！"可冬说。

"我完全忘记预言的事了……

不过，圆形的妖怪是指这些毛线

球吗？"

仍坐在地上的小丝，一直盯着四只小老鼠看。

　　"算了，我帮你们修改吧。你们明天再来一趟，因为今天黑色星号一直在闪，我没办法工作。"

　　小老鼠们回家后，小丝焦躁地在店里四处绕来绕去。

　　当然，是往右绕。

　　奈奈侧着头看着小丝。

　　"观星真是不可思议呢！不只观星，还有画着可怕图案的卡片，以及透明的水晶球，借着这些东西就能了解我们的情况，真的是这样吗？

星座预测

"不过，西卡卡阿姨是小丝的阿姨，当然会很清楚小丝的事，所以才会算得这么准，对吧？"

"哎呀，奈奈，预测的对象不一定非得是认识的人。西卡卡阿姨对我从小到大的事确实很清楚，可是，最清楚我的事的，还是我自己呀。"

奈奈听了这句话，突然想起一件事。

"对呀，正如小丝所说的，'自己最清楚自己的事'！就算是小老鼠们，应该也知道自己真正喜欢的颜色是什么才对。只不过它们还不习惯这样想，所以才会想到妈妈或隔壁阿姨帮它们选的颜色和花样。明天就让它们自己挑选'自己喜欢的颜色'吧！"

小丝并没有点头，只是耸耸肩。

"会那么顺利吗？"

说罢，她再度转向右边走开。

礼服　修改

6

"第三天"预言卡

预言卡上第三天的提示出现了。

黑星记号依然闪烁着。若是平常，小丝会什么也不做地躺在床上，倒头大睡。可是因为今天小老鼠们会过来，所以她不得已，只能坐在店里。

现在，奈奈正低头看着四只小老鼠，笑

着说：

"静静地闭上眼睛，希望你们能自己想一想，而不是听其他人的意见。因为这样，就能立刻知道自己喜欢什么颜色哦。"

小老鼠们听了奈奈的话，一脸认真地闭上眼睛。过了一会儿，它们一个个睁开了眼睛。

"还是不知道啊！"

"我什么颜色都可以。"

"红色不可以吗？"

面对这些答案，小丝无可奈何地耸耸肩，奈奈也觉得非常失望。没多久，可冬拿了预言卡过来。

"预言卡上写了一些建议。"

接着，他清了清喉咙，开始念起来。

"在龙的背上，一切问题将迎刃而解。在天空寻找答案是最好的方法，若不这么做，遇上灾难的概率将有……"

"不要再念了！"

小丝大叫。

"不过，我会遵照预言卡上的建议，谁叫它预言得那么准，而且，我正好想带奇奇出去散步。"

小丝急忙在奇奇的脖子上系上折好的手帕，然后叫小老鼠们爬上去。

安安一马当先开心地爬了上去，另外三只也跟在安安的后面陆陆续续往上爬。当最后的花花爬上去后，奇奇开心地回头看着背上可爱的"小行李"。

"你想要怎么做？"

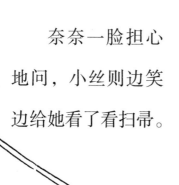

奈奈一脸担心
地问，小丝则边笑
边给她看了看扫帚。

"用这个去散步，
奈奈也一起去对吧？"

奈奈的脸瞬间抽动了
一下，因为她想起之前跟小
丝一起乘坐扫帚时的事。那简直
就像在坐云霄飞车。

小丝不喜欢乘坐扫帚，而且对于骑扫帚
也不怎么拿手。

小丝在奇奇的项圈上系上绳子，

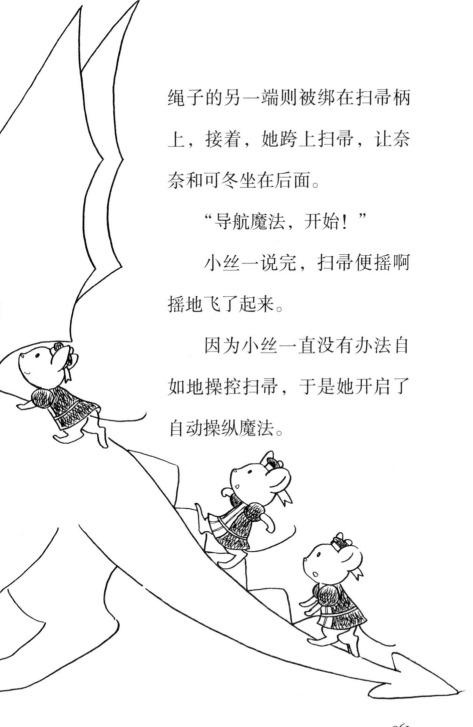

绳子的另一端则被绑在扫帚柄上，接着，她跨上扫帚，让奈奈和可冬坐在后面。

"导航魔法，开始！"

小丝一说完，扫帚便摇啊摇地飞了起来。

因为小丝一直没有办法自如地操控扫帚，于是她开启了自动操纵魔法。

"目的地是……对了，'往那边直直飞去'！"

于是，扫帚以很快的速度，直冲云霄。奇奇开心地被扫帚拉着在天空飞翔，它背上的小老鼠们也都开心地大叫。

奈奈跟可冬则发出惨叫声。

等到飞得非常高的时候，扫帚才终于直直往前飞去。放下心的奈奈，听到了小老鼠们的声音：

"天空的颜色好漂亮！不管是前面、后面，还是上面、下面，都是蓝天。好像连我都要被染成蓝色了。"

说这句话的是安安。

接着，心心说：

"你们看那片森林！跟祖母绿宝石的颜

色一样。从上面看，就可以清楚地知道风要往哪里吹。你们看，就在叶子摇动的那一边。"

没多久，朵朵边摸着奇奇边说：

"我喜欢这只龙皮肤的颜色，亮亮的、光滑的粉红色真漂亮，我的皮肤要是这个颜色就好了。"

小丝回过头与奈奈四目相接，笑了起来。已经有三只小老鼠找到自己喜欢的颜色了。

"西卡卡阿姨的预测，偶尔也蛮有用的。"

可是，花花还没找到自己喜欢的颜色。

四只小老鼠虽然非常像，可是花花的动作却比其他三只要慢，个性也比较内向。

过了一阵子，在天空快乐乘风的小丝一行，渐渐被夕阳的金色光芒笼罩。就在刚

才，还映照着天空，闪着银白色亮光的小河，现在已经变成金色了。森林里各种树木的影子在平缓的山丘上被拉得好长、好长。

当奈奈沉醉在这美丽的景色里时，花花终于开口说：

"我喜欢太阳公公那闪闪发亮的颜色！好漂亮的柠檬色啊。"

小丝听了这些话后，用力地点了点头。

"那……回家吧。"

下一秒，扫帚又再度像云霄飞车般直直降落。

"啊……"

奈奈已经吓得忘记美丽的景色，眼睛紧紧地闭了起来。没过多久，俯冲感消失，奈奈他们总算安全地回来了。

"礼服三天之后就会修改好，麻烦第四天再过来拿。"

可冬说完，便目送四只小老鼠离开。小老鼠们开心地蹦蹦跳跳回家。各自发现喜欢的颜色后，四只小老鼠似乎不再是一模一样的了。

可是过了一会儿，当奈奈打开门要回家时，却发现对面站着一只小老鼠。

是花花！一定是它在中途跑回来了。

它一副非常担忧的样子，一直看着奈奈。

"我今天非常开心，因为我觉得以后我们再也不会被其他人搞混了。"

说到这里，花花低下头，然后像是鼓足了勇气一样，再次抬起头来说话。

"可是，我不希望我们以后变成完全没

有共同点的四胞胎。我们四个一直一起行动，所以四个在一起是最完美的。"

小丝明白花花一定是鼓起了很大的勇气，才跑来这里表达它的想法。比大家动作都要慢的花花，却比大家更了解什么才是最重要的东西。

小丝用比平常更温柔的语气说：

"这是当然的，花花。不用担心哦！"

听到这句话，花花发自内心地笑了，并从大门离开。

这次，它是真的回到森林去了。

礼服　修改

7

"第四天"预言卡

今天是预言卡显示"第四天"提示的日子。

奈奈到礼服修改分店时，小丝已经开始画设计图了。分别在四件礼服上使用蓝色、祖母绿色、柠檬色、粉红色四种不同颜色的缎带，很容易就能完成修改工作。

但是小丝画了好几张设计图，都摇摇头不满意。

她停下拿笔的手。

"光靠不同的颜色来进行修改是不够的，因为看起来还是完全一样。"

然后，小丝在设计图的礼服领口，分别写上四只小老鼠的名字。

"奈奈，你觉得绣上名字怎么样？这样的话，谁也不会被认错，不是吗？"

可是，奈奈觉得这个点子不是很好。

"这虽然是很可爱的设计，可是总觉得像被贴上了名牌一样。我们必须修改出不贴名牌，也不会让人搞混的礼服。"

"是啊，奈奈，你说得对。"

"如果缝上它们专属的象征性图案呢？"

可冬一说出这个想法，奈奈跟小丝都非常赞同。

这么一来，就能让人清楚了解这四只小老鼠各自不同的性格了。

"非常好的点子哦，可冬。至于这个象征性图案，用什么比较好呢？"

"比方说1、2、3、4这样的数字图案？"

奈奈和小丝听了，觉得好失望，这就好像运动选手背后的号码布一样，缺乏创意。

这时，奇奇走了过来，它不断地用额头磨蹭小丝的脸颊，感觉在撒娇。

那是"一起玩"的意思。

奇奇接着又去奈奈跟可冬那里撒娇。

奈奈注意到奇奇手里正拿着某种东西。

"奇奇拿着扑克牌！难道龙也玩扑克牌吗？"

"是的，奈奈大人。龙是非常喜欢玩游戏的动物。在成熟的大龙之中，有好几位是国际象棋高手哦。"

奈奈露出吃惊的表情。

奇奇还是持续地用额头磨蹭小丝的脸颊，不过，小丝并不打算理会奇奇。

"现在真的没有时间玩游戏，奇奇。不好好想出设计图是不行的……"

小丝一边说着，一边拿走扑克牌。她瞥了一眼扑克牌，忽然灵光一现，抬起头说：

"我找到适合四只小老鼠的象征性图案

了！就是这个。"

小丝将四张卡片一一放在桌上。

那是四张扑克牌A，分别是红心、方块、黑桃、梅花。

"这么一来，就能让它们成为不被人搞混的'最完美的小老鼠四胞胎'了。"

小丝并没有忘记花花的话。

奈奈跟可冬也非常赞同这个想法。

"梅花配祖母绿色，非常适合喜欢森林颜色的心心小姐。"可冬说。

　　"红心配粉红色，喜欢可爱颜色的朵朵一定不会反对。"小丝说。

　　"花花说自己喜欢闪耀着光芒的夕阳，所以闪耀着柠檬色的方块很适合它呢。"

　　说到这里，只剩下黑桃、蓝色与安安了。

小丝认为这个组合也很搭配。

"安安应该会喜欢黑桃的，因为这个记号就像指向天空的箭头，非常适合安安这样的行动派，它比谁都要喜欢天空，对吧？"

这么一来，设计的构思就完成了，接下来只剩画出设计图。可是，小丝却合上素描本，将扑克牌分给大家，因为她决定先跟奇奇玩，稍后再工作。

奈奈开心地坐在椅子上，可冬也急忙为大家倒茶，然后拿起自己的牌。不过，最高兴的，还是奇奇。

香气四溢的红茶与美味的饼干，让玩扑克牌的乐趣增添好几倍。不过，奈奈发现小丝有点儿奇怪，因为小丝居然没有吃她最喜欢的姜饼。

"为什么小丝不吃姜饼呢？"

"当然是因为这个。"

可冬将预言卡拿给奈奈。

今天卡片上依然闪烁着黑星记号。

奈奈看了看桌上的饼干，立刻明白了。因为桌上放着圆形的姜饼与三角形的椰子饼干。

★

将圆形的东西放进嘴里是很危险的。若是这么做的话，肚子疼的概率将有百分之七十。

第四天

Spica

从预言卡送来之后，今天已经是第四天了，到目前为止，预言没有一天失误过，所以小丝现在已经对预言"唯命是从"了。不，应该说原本在魔女的世界里，星座预测就像规定一样，非常地让人信服，所以小丝会这样，或许也是没有办法的。

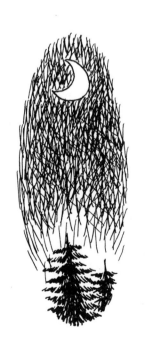

身为人类的奈奈，没办法完全体会小丝此刻的心情。可是，看着朋友不能依自己的心意做事，奈奈觉得真的很可怜。所以，奈奈拿起盘子上的一块姜饼，将其掰成两半。

　　"来，小丝。现在饼干已经不是圆形的了。"

　　看到变成半月形的饼干，小丝的眼睛睁得大大的。接着，她小声地说：

　　"谢谢你，奈奈。"

　　当晚，小丝完成了美丽的设计图。

　　当她全部完成，坐在椅子上伸懒腰时，可冬拿着冒着热气的牛奶与姜饼走了过来。盘子上的饼干，已经全部被掰成了两半。一直趴在小丝脚边的奇奇，不知何时已经缩成一团，呼呼大睡着，看起来非常舒服。

　　看着奇奇的样子，小丝心里想：

"西卡卡阿姨说这一周对我而言是糟糕的一周，可是似乎一点儿坏事也没有发生啊……"

小丝喝着热牛奶，感到非常满足。

礼服　修改

8

"第五天"预言卡

　　这一天，预言卡即将显示"第五天"的提示。

　　奈奈一抵达礼服修改分店，便迫不及待地跑去看小丝画的设计图。

　　四件原本纯白的连衣裙裙摆上，分别缝着蓝色、祖母绿色、柠檬色、粉红色的宽幅缎带，上面剪出了不同的象征性图案，四条裙子里分别搭配同颜色的衬裙，让裙子整体看起来蓬蓬的。

四件礼服的差异，并不是只有镶边缎带的颜色与象征性图案的不同而已。袖子和领子，小丝也对应小老鼠们的特点稍做了修改，好分辨出它们的差异与优点。

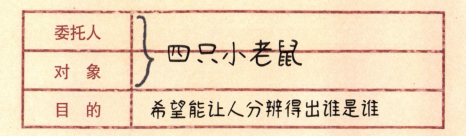

委托人	四只小老鼠
对 象	
目 的	希望能让人分辨得出谁是谁

备忘录

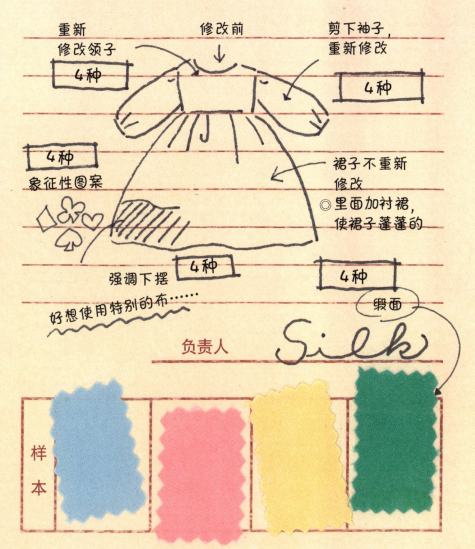

重新
修改领子
4种

修改前

剪下袖子，
重新修改
4种

4种
象征性图案

裙子不重新
修改
◎里面加衬裙，
使裙子蓬蓬的

强调下摆
4种

4种
缎面

好想使用特别的布……

负责人　　Silk

样本

要问这四件礼服
哪一件最好看，奈奈
觉得应该没有人只选
一件，因为都太美啦！

小丝戴上黑猫顶针，在
素描本上敲了敲。

很快，设计图上的四只小老鼠便从素描
本上浮起，围成一圈，跳起舞来。每当它们
轻轻移动时，连衣
裙下四种颜色的衬
裙便隐约可见，真
的非常漂亮。

"好棒！这样再
也不会有谁搞错它
们的名字了吧。"

奇奇站在看得出神的奈奈身旁，也兴奋地看着正在素描本上跳舞的小老鼠们。

"小老鼠，漂亮！"

然而，小丝却没太有精神，一点儿也没有要开始工作的样子，迟迟没有把模特架从衣柜里叫出来。

"既然已经完成这么棒的设计图了，就快点儿开始修改礼服吧。我也会帮忙的，小丝。"

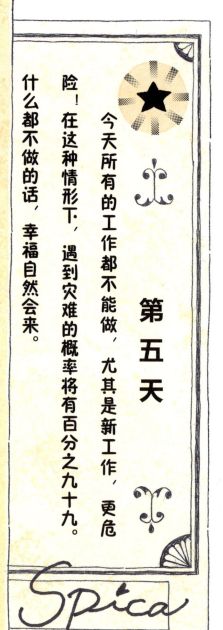

★

第五天

今天所有的工作都不能做，尤其是新工作，更危险！在这种情形下，遇到灾难的概率将有百分之九十九。什么都不做的话，幸福自然会来。

Spica

"可是，奈奈大人，这是不行的。"

从厨房里端茶出来的可冬，将杯子连同预言卡一起交给奈奈。上面黑星记号的亮度特别强烈，同时剧烈地闪烁着。

读了预言卡后，奈奈叹了一口气。

"明明跟小老鼠们约定好了三天后完成的……"

"今天除了把这个挂上去之外，再也没有其他方法了，奈奈大人。"

那是"本日店休"的牌子。

"这样的话，小丝，你打算明天一天修改完吗？"

089

"也只能这样了。奈奈你也会来帮忙对吧？"

　　事实上，小丝也希望能马上工作。

　　即使想修改的欲望如此强烈，但在预言卡的提示下，她一点儿办法也没有。

　　这一天，他们只能玩扑克牌游戏打发时间。

"第六天"预言卡

　　预言卡上显示"第六天"提示的日子到了。

　　奈奈一吃完午饭，便立刻跑向礼服修改分店，因为在今天一天之内，必须把礼服修改完成，所以不快点儿不行。可是她到达店里时，模特架仍然没有出现。

小丝静静地坐着，但看起来非常焦躁。

"到底怎么了，小丝？不快点儿不行了！"

"那是因为……奈奈大人，令人意想不到的预言出现了。"

奈奈将预言卡拿了过来。

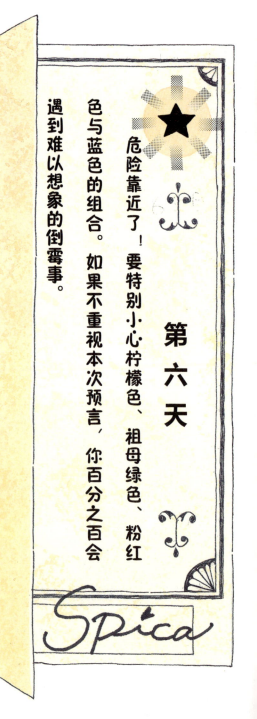

第六天

危险靠近了！要特别小心柠檬色、祖母绿色、粉红色与蓝色的组合。如果不重视本次预言，你百分之百会遇到难以想象的倒霉事。

Spica

黑星记号
比昨天更亮，
闪烁得更
厉害了。

　　小丝站起来，
拿走了奈奈手上的预言卡。

　　"已经够了！现在的事情到底做还是不
做，我要自己决定。"

奈奈慌张地从小丝那里拿回预言卡。

"这样说没错，小丝。可是，柠檬色、祖母绿色、粉红色与蓝色的组合，和预言卡上说得完全吻合，不是吗？"

小丝再次从奈奈手中抢回预言卡，顺手将卡片撕成两半。

她一边将卡片丢进垃圾桶，一边耸耸肩。

"我再也不会听从卡片的指示了。就连那些小老鼠们，都能自己决定自己的事情，所以，我的事情也要自己决定。"

说完，小丝迅速地戴上顶针，从衣柜里叫出小老鼠们的模特架。

"安安、心心、花花和朵朵。"

然后她将四个一样的小模特架排在桌上，迅速地帮它们穿上白色礼服。

"你们两个在做什么？快来帮忙。奈奈，你先从衬裙下摆的波浪开始做。可冬，你来量量礼服的腰围。"

事情发展到这里，也只能帮忙了。

奈奈打从心底就一直希望这么做了。

于是，礼服的修改便以惊人的速度进行着。

小丝利用锯齿状的缎面带子，很快就将四件衬裙缝好了。

衬裙的下摆被奈奈以同样的布做成可爱的波浪状，紧接着，小丝开始着手领子与袖子的修改。

做完后，小丝说："终于要做颜色这部分的修改了，可是……"

小丝说着，看了看衬裙使用的四种颜色

的布料。

"使用这些布料很容易就能做好，可是只用一般的蓝色、祖母绿色、粉红色与柠檬色，我觉得没有办法展现出那四只小老鼠的魅力。"

奈奈听后，也轻轻地点点头。

"要是能有让它们感动的天空、森林、夕阳与龙的颜色，就好了……"

"如果想要那种特别的布，那在下就立刻订购吧！"

可是小丝摇了摇头。

"已经来不及了，礼服必须在今天完成！"

说到这儿，大家都安静了下来，只剩下奇奇还非常有精神地在一旁玩耍。

奇奇正叼着厨房最里面那扇门的钥匙

玩，它到现在还是很喜欢会发亮的东西。

"奇奇，不可以玩钥匙哦。"

可冬把钥匙拿回来后，突然说道：

"如果那些特别的布，用量只需要一点点的话，我想我们全部都有！"

接着，可冬挑出一把钥匙。那是一把有着书本形状吊饰的钥匙。然后，可冬走到厨房最里面的那扇门前。

那是一扇非常神奇的门，只要用不同的钥匙打开，就会出现不同的房间。

可冬拿着钥匙将门打开，他的眼前出现了一个大图书馆。

礼服　修改

10

目录图书馆

"这里是目录图书馆，对吧？"小丝高兴地说。

这里有各式各样的布、线、蕾丝和纽扣的目录。所谓目录，就是订购布和线时所参考的册子，所以不管哪一页，都贴着从实物上剪下来的一小块样本。

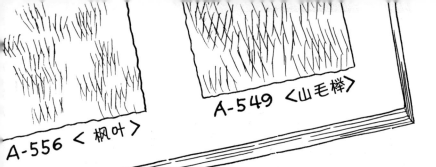

A-556 ＜枫叶＞

A-549 ＜山毛榉＞

　　"老鼠小姐们的礼服非常小，所以我认为这些样本的布应该够用了。"

　　"这当然够用，可冬。"

　　小丝高兴地说着，奈奈开心地抱住了可冬。他们从一大摞目录中，挑出一本叫作"天空颜色的布"。翻开目录，每一页都贴着布料的样本。里面有各种关于天空颜色的布，从像夏天天空一般的深蓝色，到朝霞的粉红色，应有尽有。

＜冬·雪＞

No.302

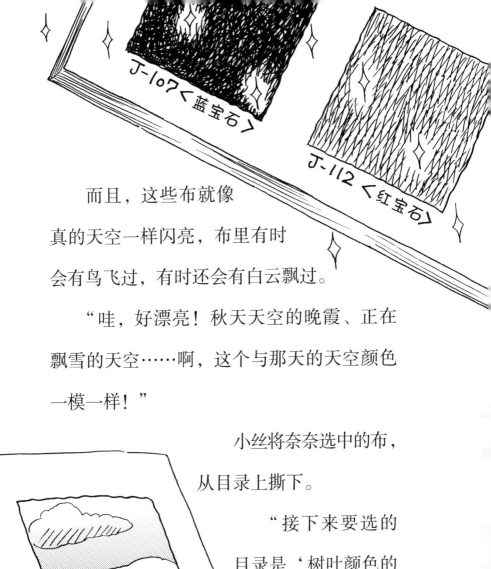

J-107〈蓝宝石〉

J-112〈红宝石〉

而且，这些布就像真的天空一样闪亮，布里有时会有鸟飞过，有时还会有白云飘过。

"哇，好漂亮！秋天天空的晚霞、正在飘雪的天空……啊，这个与那天的天空颜色一模一样！"

小丝将奈奈选中的布，从目录上撕下。

"接下来要选的目录是'树叶颜色的布'。那时我们看到的是山毛榉森林吧？"

No.301〈秋·晚霞〉

晚霞〉

这次的布，是根据叶子种类的不同来做分类的。山毛榉的绿色布料常常会一下子变深，一下子又变浅，仿佛太阳照射下忽明忽暗的森林。

"下一本目录是'像太阳般闪亮的布'。"可冬说。

"最后要选的目录是'魔法动物的毛色与皮色的布'。"

没多久，四种布终于收集完成。

虽然都是边长五厘米的正方形小布料，可是用来修改小老鼠们的礼服已经足够了。

回到店里，他们首先将那些布剪成细长状做成带子，缝在各个部位上。还剩下大约一半的布，他们在上面剪出象征性图案，然

后将剪好的图案缝在裙摆上。在图案的四周绣上绣线，白色的象征性图案就浮现出来了。

奈奈心里想：如果四只小老鼠没有穿礼服时，也能在身上使用对应的颜色与图案，那就好了。

这时，小丝突然说："你们不觉得这些礼服还缺少一些配件吗？"

这句话马上让奈奈的眼睛亮了起来。因为如果是配件的话，穿其他衣服时也能用得上。

"如果要制作配件，我觉得'垂饰'不错！刚好与这次的礼服完美搭配。"

"垂饰"是用途相当广泛的配件，即使用不同的颜色做出相同的东西，只要在每一样东西上稍下功夫，就会有另一种感觉出现。

小丝立刻赞同地点点头。

"礼服看起来应该赶得上时间，所以这个部分就麻烦奈奈你了。但是要快一点儿哦！"

奈奈马上动手做起来。她在羊毛毡上剪出象征性图案的形状，然后找出最细的缎带，将象征性图案缝在缎带两端。

转眼间，这个超棒的配件就完成了。

天空出现第一颗星星之前，小丝、奈奈和可冬的手不仅没有停下来过，就连茶也没喝过一口。

最后，四件礼服终于完成了。

"总算全部完成了，幸好礼服很小。"

小丝放心地呼了一口气，倒在椅子上。

可冬一脸开心地收拾着散落一地的布和线。

真是不可思议！应该百分之百会发生的灾难，却一件都没有发生。当然，大家都默契地不再提预言卡，不过，这绝对不是因为奈奈忘记了这件事。

1 拿出细版的缎带或可爱的绳子，剪下自己喜欢的长度。（也可以试试绑行李的绳子，确认好长度之后再剪哦。）

2 剪成相同形状的羊毛毡。每2片一组，准备2组。

① 用2片羊毛毡夹住缎带的一端。

② 利用绣线缝好、固定。

① ②

开始缝与缝完时所打的结，要藏在2片羊毛毡的中间。

● 非常简单 ●
垂饰的做法

使用方法有很多种哦！

系在脖子上时，请不要用力缠绕。

离开礼服修改分店时，奈奈悄悄地从垃圾桶里捡起那张预言卡。

西卡卡阿姨的预言是七天的，现在只剩一天。

"为什么灾难没有发生呢？到目前为止，预言都没有出错过啊。"

回家的路上，奈奈的心里充满了不安。

礼服　　修改

11

预言卡的最后一天

　　今天是星期天，是预言卡显示提示的最
后一天——"第七天"。

　　奈奈一张开眼睛，就马上跑去看那张预
言卡。用胶带黏起来的卡片上，已经浮现今
天的预言了。上面闪烁着到目前为止最大的
黑星记号。

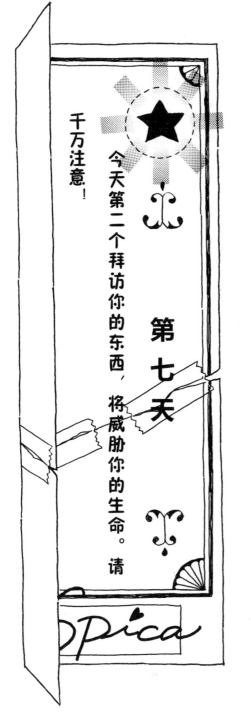

今天第二个拜访你的东西，将威胁你的生命。请千万注意！

第七天

读完预言后，奈奈的脸色一片惨白。

奈奈急忙换好衣服，饭也没吃就冲出家门。

她拼命地跑啊跑，一直跑到礼服修改分店的门前，然后赶紧打开门。

"我是今天第几位客人？"

一进门，奈奈立刻上气不接

下气地问道。

"奈奈大人，您当然是第一位。您这么早光临，真是难得。"

小丝正津津有味地吃着早餐。

可冬也帮奈奈准备了一份早餐。松软的

金黄色炒蛋、烤得香脆的培根，加上微焦、甘甜的炒西红柿和炒蘑菇，杯子里则是香醇浓郁的奶茶。

可是，奈奈完全无心品尝，因为那可怕的预言一直在她的脑海挥之不去。虽然有好几次，她觉得非让小丝知道不可，但怎么也说不出口。一想到小丝将遇到危及生命的重大伤害，奈奈的胸口就被紧紧地揪起来。

这时，奈奈突然想起一件事，于是她一边抚摸着奇奇，一边跟它说着悄悄话："奇奇，你仔细听着，这是非常重要的事哦。等一下要是谁进入店里，你就用火焰攻击那家伙。你办得到吧？"

奇奇轻轻地点头。

"奇奇，办得到。奈奈，喜欢。"

就在这个时候，敲门声响了起来。

"今天的第二位客人！"

奈奈紧张地吞了一口口水。

门嘎吱一声，打开了。

奈奈为了保护小丝，用力地抱住她，奈奈紧闭双眼，满脸涨红地大喊："不要伤害小丝！住手！"

奇奇也向客人喷出巨大的火焰。

小丝跟可冬完全不知道发生了什么，只是他俩往大门一看，便发现一个被奇奇的火焰熏得浑身是烟的女人站在那里。

"西……西卡卡大人？欢迎回来……"

那是被奇奇的火焰给熏得全身黑乎乎的西卡卡阿姨。

奇奇一知道对方是西卡卡阿姨后，立刻

发出抱歉的声音撒娇，西卡卡阿姨则用手擦掉身上的黑灰，微微一笑说：

"你是奈奈吧？请放心，没有人会伤害小丝的。"

"可是预言卡上……"

终于，奈奈松开了小丝，她的目光一下子就被西卡卡阿姨吸引住了。

身材高挑，美丽的金色长发闪耀着光泽，即使脸上还沾着黑灰，依然可以看出西卡卡阿姨是个非常漂亮的魔女。

这时，小丝看到奈奈手里握着预言卡。

"奈奈，你居然把卡片捡回家了？我真的受够了！"

"但是这……这个预言太可怕了！"

偷看到卡片内容的可冬吓得全身发抖，

西卡卡阿姨却笑得一脸灿烂。

"请放心，可冬，这个不是小丝的预言卡。是我搞错了，竟然把克拉夏博士的卡片送到这里来了。我真是太大意了！"

听到这里，小丝与可冬面面相觑。

克拉夏博士是魔法世界里远近驰名的冒险家，他是魔法动物学博士，为了研究魔法动物，好几次潜进危险异常的丛林与冰冷的海底。

这次，他为了寻找梦幻的魔法动物"四星大蛇"而开启了一场旅行，《魔女新闻》也做了相关报道。

"克拉夏博士出发之前，来过观星分店。所以，我帮他做了预测，并制作了他的个人预言卡片。克拉夏博士为了防止旅行途中弄丢卡片，所以一直都是订制两份预言卡片。恰巧那时我也正在制作小丝的卡片，真是抱歉！把你们两个人的卡片搞混了。"

克拉夏博士的旅行一直充满着危险，所以卡片上只出现不吉利的信息，也是理所当然的。

"都是些奇怪的预言。"

"而且都不准，对吧，小丝？"

西卡卡阿姨这么一说，小丝不由得脸红了起来。因为那明明是别人的预言卡，自己却拿来用，还觉得预测得非常准。

尽管昨天预测得不准，也是应该的。

西卡卡阿姨接过可冬递来的毛巾，把身上的黑灰擦干净。因为晒了太多阳光，西卡卡阿姨的皮肤看起来并不白皙。看到这个情形，小丝噘着嘴。

“去南方岛屿是为了工作吧，西卡卡阿姨？”

“是啊。当你利用超好用的魔法修改旧衣服时，我也正在追寻南十字星的踪迹。只不过，星星只有晚上才能看到，所以白天没有事……”

“我修改礼服用的不是魔法！”

说完，小丝气呼呼地再也不想说话了。

礼服　　　修改

12

比观星更重要的事

过了一会儿，敲门声再度响起。

四只小老鼠来了。

"欢迎光临！礼服已经修改好了哦。"

可冬说着，将放在盒子里的礼服交给
它们。

看到修改好的礼服，小老鼠们非常高兴。

"这个图案好漂亮！我的是红心，好喜欢哦。"

"我最喜欢这个黑桃。"

"我超喜欢这个方块，其他的我都不爱。"

"我的是梅花。其他的我不要，我只要这个！"

大家都觉得自己的礼服最适合自己。接着，奈奈分别帮它们绑上了"垂饰"。

缎带、腰带、手链、颈

链，别人绝对不
会认为这是相同
的设计。

四只小老鼠
都非常喜欢奈奈
做的垂饰。

没多久，它们发现
店里还有另外一位魔
女。"今天还有另外一
位魔女大人在。"

"请问您是什么魔
女大人呢？"

它们抱着礼服，抬
头看着西卡卡阿姨。

"我叫西卡卡，是

观星魔女。"

通常听到观星魔女，女孩子们的眼睛都会亮起来，然后会请求观星魔女帮忙预测运势。可是，小老鼠们什么也没说。

西卡卡阿姨感到有一点儿失望。

"你们不想预测运势吗？"

"嗯，不想，因为我们的生日是同一天。"小老鼠们异口同声地说。

"所以，你们才不相信观星吗？"

确实，以观星而言，生日相同的话，境遇也会完全相同。不一会儿，西卡卡阿姨从包里拿出了大家从来没有见过的星座预测卡片。

"哎呀，即使生日相同，不同的生命体经历的事情也是不一样的。这个卡片是给你们这样特别的客人准备的。在这里吹一口气，就能预测自己专属的运势。不过，这比一般的星座预测卡片还要贵一点儿。当要决定重要的事情时，请务必光临观星分店。"

西卡卡阿姨送给每只小老鼠一张观星分店的打折券。

　　看到这番情形的小丝，一脸受不了地耸了耸肩。

　　"我再也不想碰星座预测的事了，而且，重要的事还是自己决定比较好。"

　　西卡卡阿姨听了，用力地点头。

　　"这是好事哦，小丝。这里也是这么写的。"

　　说完，西卡卡阿姨拿出真正属于小丝的预言卡。

　　阿姨将第七天的最后提示念了出来：

　　“自己的重要事情，最好由自己决定，不要让别人决定。

　　“如果不这么做，遇上灾难的概率将有百分之十五。所以要相信自己哦。”

　　听到这里，小丝跟奈奈都笑了出来。

　　“这样似乎就不用相信观星了，因为总是出现一些奇怪的信息。”

　　“这是很棒的信息呀。因为烦恼时，答案并不在星座预测或别人的建议里。不管何

时，真正的答案都在自己的心里，这些信息
是为了让人想起这件事的。"

奈奈和小丝互相看了一眼。

"你说的这件事，我早就让那些小老鼠
们想起了。"

接着，两人将频频道谢的小老鼠们送到
门外，目送它们离开，直到它们的身影消失
在森林入口。

留在店里的可冬跟西卡卡阿姨继续看着
预言卡，因为上面还有一些信息。

"某人会为了你而赶来，那个人会给你
真心的信赖与友情。"

不过，读到这些的只有西卡卡阿姨与
可冬。

"朋友比观星更让人信赖呢，西卡卡

大人。"

"观星也可以让人信赖呀，可冬。"

西卡卡阿姨眨眨眼，十分享受地品尝着红茶。

桌上放着刚刚送达的《魔女新闻》，其中一面刊登着克拉夏博士的照片，他终于发现了梦幻的魔法动物"四星大蛇"。

与克拉夏博士一起出现在照片里的那条被制伏的大蛇，身上有美丽的四种颜色的星星，而那些星星的颜色正是柠檬色、粉红色、蓝色与祖母绿色。

图书在版编目（CIP）数据

西卡卡阿姨的信/（日）安昼安子著；莪合译．--济南：山东人民出版社，2023.5

（什么都行魔法商店；第十一册）

ISBN 978-7-209-14575-6

Ⅰ.①西… Ⅱ.①安… ②莪… Ⅲ.①儿童故事－图画故事－日本－现代 Ⅳ.①I313.85

中国国家版本馆CIP数据核字(2023)第069469号

なんでも魔女商会11 魔女スピカからの手紙
Copyright © Ambiru Yasuko 2008
Original Japanese edition published by Iwasaki Publishing Co., Ltd.
Chinese translation rights arranged with Iwasaki Publishing Co., Ltd.
through Shinwon Agency.
Chinese translation rights © 2023 by Shandong People's Publishing House

山东省版权局著作权合同登记号 图字：15-2018-209

本译稿由东雨文化事业有限公司授权使用

西卡卡阿姨的信

XIKAKA AYI DE XIN

[日] 安昼安子 著 莪合 译

主管单位　山东出版传媒股份有限公司
出版发行　山东人民出版社
出 版 人　胡长青
社　　址　济南市市中区舜耕路517号
邮　　编　250003
电　　话　总编室 (0531) 82098914
　　　　　市场部 (0531) 82098027
网　　址　http://www.sd-book.com.cn
印　　装　济南新先锋彩印有限公司
经　　销　新华书店

规　　格　32开 (148mm×210mm)
印　　张　4
字　　数　40千字
版　　次　2023年5月第1版
印　　次　2023年5月第1次
ISBN 978-7-209-14575-6
定　　价　39.80元
　　　　　如有印装质量问题，请与出版社总编室联系调换。